AF246171

REMARQUES

SUR LES OUVRAGES

DU SALON.

REMARQUES

SUR LES OUVRAGES

EXPOSÉS AU SALON,

Par le C. D. M. M. de plusieurs Académies, etc.

Seigneur, si j'ai raison, qu'importe qui je sois ?

A V I S.

———

N'AYANT cessé d'écrire que la critique des bons ouvrages, seule, était permise, pour empêcher les jeunes-gens de copier aveuglément les fautes des grands Maîtres, et les mettre à portée de discerner les erreurs des Homère, Horace, Virgile, Corneille, Rubens, Despréaux, Voltaire, etc. etc. ; j'ose espérer que les Ar-

...s dont je vais parler, ne me sçauront pas
...auvais gré de mes remarques, car,

» Sur quelque préférence une estime se fonde,
» Et c'est n'estimer rien, qu'estimer tout le monde ».

d'après ce principe du favori de Thalie, j'ana-
lyserai, sans partialité, les beautés et les dé-
fauts, seulement, des ouvrages estimables : car
on doit toujours se taire sur le compte de la
médiocrité, qui, malheureusement, ne sçait
jamais se rendre justice, et impute à ignorance
le mépris qu'on fait d'elle.

Pour ne pas entortiller mon style d'un fatras
de termes techniques, tels que *crudité, pers-
pective aërienne, intention de couleur, beau-faire,
masse, lumières trop égales, plan, pinceau flou,
touche molle, ton trop crud de couleur, papillotage,
enluminûre*, etc. etc., je n'étalerai aucune connaissance pratique, qui ne me ferait comprén-
dre que de ces amateurs forcenés, se mêlant
des arts, *invitâ Minervâ*. Je ne parlerai donc
qu'aux élèves de la simple nature, qui n'ont
pas besoin d'étude pour reconnaître son cachét.
Je dis plus, j'aurai souvent occasion de reprocher aux Artistes cette méthode *contre-natu-*

relle, de copier les beautés de vingt individus, pour en composer un seul personnage. Ce *beau idéal* ne sçaurait plaire au bon goût, revolté de l'impossible et de tout ce qui s'efforce d'être plus parfait que la nature. La correction du dessin et le vrai ton du coloris, n'ont de règle que celle de la parfaite imitation de cette même nature. « Mais, dira-t-on, il est possible de » l'embellir, en ne faisant que réunir ses objets de perfection ». Non, répondrai-je ; un Peintre, qui ferait mieux qu'elle (s'il est possible), n'offrirait qu'une masse gigantesque, n'ayant aucun objet de comparaison.

Il est donc absurde de réunir des beautés de détail, qui ne sauraient avoir aucune relation entr'elles, et de croire, d'après cette recherche, avoir atteint la perfection.

Puisqu'une femme trop parée cesse d'être belle, un tableau trop orné perd de son effet. Je m'attends bien à la mauvaise humeur de quelques-uns de nos Artistes, que trente ans de pratique enorgueillissent. « *Est-il Peintre*, » *Sculpteur, pour décider d'une manière si tran-* » *chante* ? Le vers, qui sert d'épigraphe à cet article, répondra pour moi. Je prie donc ces Messieurs de ne point se fâcher, et de ne pas imiter le chat, qui jure lorsqu'on lui présente un miroir.

Quand, dans mon dictionnaire, j'ai dit qu'un paysan organisé avait le droit de prononcer sur les Arts, bien mieux que ceux qu'un esprit de parti excite pour ou contre, qu'il ne fallait aucune connaissance acquise, pour comparer la copie à l'original, je pensais qu'il y avait bien loin du goût aux dispositions, et que tel qui exerce depuis trente ans un art quelconque, souvent s'y connaît moins qu'un autre. Cette proposition ne sera pas admise par Messieurs les Journalistes, non plus que par tous les individus, qui ne sçavent que ce qu'ils ont appris dans de gros volumes. Toutefois il n'en sera pas moins vrai que tel Peintre, tel Sculpteur, tel Muicien, exerçant depuis long-temps, est plus praticien, qu'homme propre à la chose : (1) alors c'est le Maçon prenant sa toise; il ne faut donc pas avoir analysé posément et froidement les a ts, pour prononcer sur eux;

____

(1) On peut donner à cette réflexion une extension relative à des objets de la plus grande importance.

toute méthode étant opposée au génie, doit l'être également à ses enfants.

Voyant une de ces belles marines qui immortaliseront le nom de notre respectable ami Vernet, certain matelot se retira brusquement, disant : « morbleu, ce n'était pas la peine de » tant courir, pour voir ce que je voyons tous » les jours » !

Les beaux Arts sont enfants de la simp'e nature,

Et doivent respecter ses subl mes décrets ;

Les recherches d'esprit, la subtile imposture,

De son noble abandon n'approcheront jamais.

Peinture.

Nᵒ. 1. Sagesse de composition, correction de dessin, beau ton de couleur, enfin tout ce qui tient à la didactique, M. Vién le possède. Si les amateurs sont en droit d'exiger plus de mouvement, de chaleur, d'expression ; s'ils reprochent à ses personnages de rester éternellement en place, sans que jamais on apperçoive le moindre *élan*, je répondrai que M. Vien a plus de mérite que *Rubens*, d'avo r, par une étude profonde, cherché à réparer l'absence de ce génie incorrect, mais sublime, dont la nature avait doué l'immortel Flamand. Ce n'est pas que j'approuve l'incorrection du dessin, mais je pense que si la raison règle la conduite de l'homme, elle s'oppose à la perfection des Arts, qui ne doivent recevoir d'impulsion que de l'imagination, laquelle n'a pas to jours le compas et la règle pour guides. Quoi qu'il en soit, le fond du tableau, représentant *l'amour fuyant l'esclavage*, est d'un charmant effet.

N°. 9. Télémaque dans l'île de Calypso, est un tableau estimable de M. de la Grenée le jeune ; mais qui le serait davantage, s'il avait un ton plus animé, et que les ombres fussent moins forcées que celle qui couvre la jambe droite de Télémaque. Achille, sous l'habit de fille, et les n^s 11 et 12 méritent des éloges.

N° 13 jusqu'à 1 8, productions de M. Suvée, Artiste célèbre.

N° 19. M. Vincent n'a enrichi le salon que d'un tableau, mais ce morceau est excellent, malgré les reproches du ton rougeâtre qu'ont ses femmes, et l'engourdissement de celle qui est déjà déshabillée. Enfin, on découvre dans ce tableau des beautés qui tiennent du grand maître.

N°. 20 jusqu'à 29. Tout ce qui a brillé a son déclin; le génie n'en est pas excepté. Il est donc étonnant qu'à l'âge où celui des Corneille et des Voltaire était sans vigueur, le célèbre Vernet soit ce qu'il a toujours été; c'est-à-dire, sublime !

N°. 30. La fortune et les honneurs dont jouit M. Roslin, doivent triompher de la malignité qui se permet de critiquer les productions de cet Artiste.

N°. 31. La réputation de M. Duplessis est faite.

N. 32 jusqu'à 38. Nommer M. Robert, c'est en faire l'éloge.

N. 39. Quoique le genre des fleurs soit d'une nature morte, le talent de M. Van-Spaendonck sait lui prêter de la vie. C'est la nature elle-même ; c'est la fleur qui palpite sous l'haleine des zéphirs.

N°. 37. Tableau très-estimable, quoiqu'il manque un peu *d'air* et d'optique.

N°. 69. Le tableau de M. Huë, représentant la prise de la Grenade, a beaucoup de mérite, mais un *ton* désagréable. D'ailleurs l'Artiste n'aurait-il pas dû nous faire appercevoir cette île ?

N°. 74. Quoique copiste des Peintres, M. Sauvage a le premier talent et fait mouvoir ses ouvrages, dont le genre lui appartient uniquement.

N°. 77. Faisant profession d'adorer les talents de Madame Lebrun, cet enthousiasme ne m'aveuglera pas au point d'admirer tout indistinctement. En rendant hommage à la fraîcheur de son coloris, à la grace de ses portraits, dois-je approuver le *précieux* qu'elle met trop souvent en usage ?

« Il est bien vrai que de Vénus

» Les trois Graces sont filles ;

» Mais l'histoire n'en dit pas plus,

« Même en ses apostilles :

» Leur père est ignoré, dit-on,

» On en fait un mystère.

» Pour moi, je crois que l'abandon

» Des Graces est le père ».

N . 85. Le superbe portrait de Madame Adélaïde, que Madame Guyard nous fit voir au dernier salon, pourrait nous rendre difficiles sur ceux qu'elle a exposés cette année. Mais le beau tableau représentant Madame Victoire, doit nous faire oublier quelques négligences, que la critique pourrait remarquer dans celui de Madame, Infante de Parme.

N . 91. Malgré toutes les critiques, ce tableau mérite des éloges.

N . 93. Eponine est belle, mais les yeux de Sabinus sont plus hagards que furieux. Malgré cela, cet ouvrage est digne de la réputation de son auteur.

Nᵒ. 97. M. César Wanloo a exposé de fort bonnes choses.

Nᵒ. 104. jusqu'à 111 , les productions de M. Vestier n'ont fait qu'accroître l'estime que méritent ses talents.

Nᵒ. 120. Les paysages de M. de Valenciennes sont presque tous charmants.

Nᵒ. 124. Quoique M. Mosnier ait le talent de *l'ombre*, et qu'on ne soit point en droit de retourner la phrase, le nᵒ. 126 ne doit pas être exempt de reproche d'un reflet, contrastant trop avec le clair-obscur, non plus que du peu de *saillie* de l'enfant, charmante d'ailleurs.

Nᵒ. 131 jusqu'à 138. Toutes les productions de M. Dumont confirment sa juste réputation.

Nᵒ. 150 jusqu'à 153. On remarque les plus jolis détails dans ces tableaux.

Nᵒ. 174. M. Nivard nous a donné de nouvelles preuves de ses talens.

N°. 191. Il y a du bon dans ce tableau, quoiqu'on ait remarqué qu'*Eros* retirant un poignard de son sein, ne paraît pas assez affaibli.

N°. 198 jusqu'à 206. M. de la Fontaine nous a donné des morceaux très-soignés, mérite essentiel à ces sortes d'ouvrages.

Avant de terminer l'article *Peinture*, il est important de parler du début extraordinaire de M. Vernet fils. Malheureusement on n'a que trop d'exemples du peu de capacité des fils d'hommes célèbres ; soit que la nature se repose, soit que l'apathique confiance en un grand nom émousse des dispositions que la culture eût perfectionnées ; il est certain que les enfans se glorifient plus de la réputation de leurs pères, qu'ils ne travaillent à s'en rendre dignes. Mais M. Vernet fils donne un démenti formel au proverbe, et son triomphe de Paul Emile fait plus que promettre de grands talents.

Sculptures.

Nous reviendrons sur cet article, qui n'offre pas moins de beautés que celui de la Peinture.

Et ce sera avec joie que nous applaudirons aux talens de nos célèbres Artistes ; parmi lesquels M. Boizot fournit un exemple d'enthousiasme, ayant composé, de mémoire, le buste de l'immortel Necker. Français ! une reconnaissance tacite suffit-elle ? Et « *la foi qui n'agit* » *point, est-ce une foi sincère ?* » réunissons nos cœurs, nos fortunes, pour ériger une statue au plus grand, au plus intègre des Ministres ! Dans le prochain *Journal politique* de Mademoiselle de Kéralio on verra le projet relatif à cet hommage, que la France doit à un étranger qui a tout fait pour elle.

Gravures.

Nous reviendrons aussi sur cet article important.

A PARIS, chez KNAPEN Fils, Imp.-Lib. au bas du Pont St. Michel. 1789.

SUPPLÉMENT

Aux Remarques sur les Ouvrages exposés au SALON, par le C. de MM. de plusieurs Académies, &c.

● Seigneur, si j'ai raison, qu'importe qui je suis. »

————————

N°. 82. LE célèbre M. Robert, peint par Mme Lebrun, est putôt un Tableau qu'un Portrait. Une touche mâle en caractérise le grand mérite, & prouve que cette Artiste n'a pas seulement recours aux Graces, mais au génie, qui ne fait pas toujours société avec elles.

N°. 88. Pour apprécier les beautés sublimes de cette composition, il faut se transporter au temps où Rome faisait consister sa liberté dans la rudesse de ses mœurs : au temps où de prétendus Citoyens ne détrônoient les Rois que pour régner eux-mêmes : au temps où les sentiments de la nature le cédaient à l'ardente ambition : au temps où un fantôme républicain consolait le Peuple des tyrannies de ses Consuls. Alors on connoîtra le mérite du Tableau de M. David. Force de composition, noblesse d'expression, mouvement décidé, attitude déchirante ; &, plus que tout cela, originalité de projet, puisque le sujet principal se trouve dans l'obscurité du Tableau, comme pour marquer la douleur d'un être que la morgue républicaine ne saurait empêcher d'être père. En effet , cette production est plus d'un grand Poëte que d'un Peintre : et le reproche que j'ai entendu faire *de voir deux Tableaux dans ce sujet*, il est justement la cause de mon admiration. Je crois appercevoir J. Brutus, s'éloignant de sa famille, mais ne se reprochant pas encore sa sévérité : je crois le voir balancer entre la nature et l'ambition. Ainsi, j'admire ce Tableau. Mais, comme mon enthousiasme ne m'aveugle jamais, je crois devoir faire remarquer au célèbre David , que l'incertitude de la lumière de ce Tableau pourrait servir de moyens de critique à l'envieuse et malicieuse médiocrité.

A l'égard du N°. 89 , représentant les amours de Pâris et d'Helène , bien que ce Tableau soit *fini* , je ne sais si ce genre peut s'allier à la touche *prononcée* de M. David? Quoique le bras gauche d'Hélène tombe sur l'épaule de Pâris , d'une vérité palpable , je ne crois pas que le Peintre vigoureux des Horace , des Socrate , des Brutus, descende au genre de l'*Albane* , plus heureusement que Corneille n'approcha de Quinault.

N°. 98. Quoiqu'on rende justice au talent de M. Le Barbier , cela n'empêche pas de reprocher des proportions courtes à ses personnages, et peu de mouvement. D'ailleurs, ignore-t-il , ainsi que M. Lagrenée , qu'Ulysse était blond ?

N°. 112. Quand M. Peyron n'aurait d'autre mérite que de s'être fait remarquer après le célèbre David (que, par parenthèse , je n'ai jamais vu , et n'ai point d'intérêt à louanger) cette v croile suffirait.

N°. 119. De tous les Tableaux de M. de Valenciennes, celui-ci me paraît le plus agréable. On n'aurait rien à désirer ; si l'on n'y remarquait trop de rousseur dans le *ton*.

N°....... Le Portrait de M. Bailly est très-ressemblant et fort bon.

N°. 155. Il est dommage qu'un Tableau aussi bien composé que celui représentant *St. Louis* , soit aussi négligé d'exécution ! Malheureusement , dans ce cas , l'intention n'est pas réputée pour le fait. A l'égard du Portrait de M. de Lally-Tollendal , on est fâché d'y remarquer moins la douleur éloquente de ce Gentilhomme , que la fureur d'un être sans retenue et sans noblesse.

N°. 193. La mort d'Agis , par M. Monsiau , mérite beaucoup d'éloges , tant par un excellent *ton* , que par la correction du dessin.

N°. 196. D'après les deux Tableaux que M. Lavallée-Poussin a exposés , on ne se douterait pas que les circonstances ont forcé cet Artiste estimable à passer trente ans à faire des Arabesques , genre peu propre à exalter l'imagination d'un Peintre d'Histoire. Quoi qu'il en soit, le retour de Tobie et l'Adoration des Bergers, sont des productions dignes d'un Maître.

SCULPTURES.

N°. 207 jusqu'à 211. On connaît le talent et la célébrité de M. Pajou , qui ne s'est point démenti cette année.

N°. 212. Le Buste de de Belloy est frappant de ressemblance. Les autres morceaux de M. Caffieri , tels que l'*Amitié*, *Marivaux* , etc. méritent beaucoup d'éloges.

N°. 220. Comme le Président Molé , par M. Gois, n'est point achevé, nous n'en dirons rien.

N°. 224. Montausier, par M. Mouchi , est un fort beau morceau, malgré les remarques qui prouvent que rien ne saurait être parfait. A l'égard d'Harpocrate, je ne saurais rendre compte de ce Dieu , avec lequel j'ai eu si peu de relation.

N°. 228. La Statue représentant Le Poussin , est belle et posée avantageusement.

N°. 236 jusqu'à 239. L'amitié que j'ai pour M. Boizot, pourrait rendre suspects les éloges mérités que je donnerais à ses productions. Si le projet que j'ai conçu d'ériger une Statue au plus rare des Ministres , si ce projet a lieu , j'espère que M. Boizot nous donnera de nouvelles preuves de talens et de zèle.

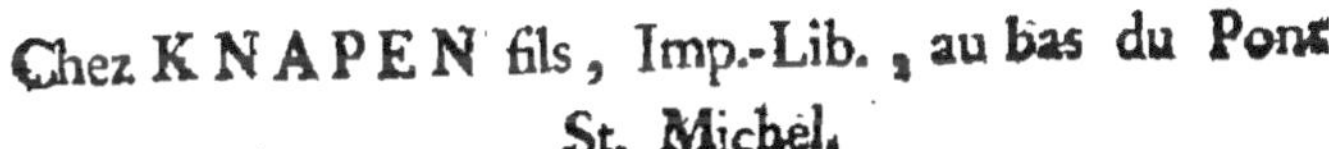

Chez K N A P E N fils , Imp.-Lib. , au bas du Pont St. Michel.